鈴木 陽
SUZUKI Akira

営業マンの履歴書

あなたの努力次第で営業人生が変えられる

文芸社

はじめに

本書は、ある一人の男が営業マンとして、また事業家として成長していく姿を、事実をもとに描いています。しかし古い出来事などは記憶も薄れ、やや不鮮明なところもありますが、手元の資料を参考にでき得る限り正確を期したつもりです。

ある営業マンの履歴書◎目次

はじめに　3
登場人物　7
一、入　社　9
二、凄腕《スゴウデ》営業マンとの出会い　21
三、新たな担当エリア　30
四、会社の危機　41
五、担当顧客の変更　52
六、転　機　73
七、起　業　87
八、再　建　99
九、終焉《しゅうえん》　109
おわりに　114

登場人物

久保田実　この物語の主人公
田中一郎　久保田の勤める中央物産の社長
坪川敏夫　中央物産の凄腕営業マン、久保田の師匠でもある
平井　太　中央物産の課長で久保田の上司。実力はないがプライドだけは高い
鬼頭義夫　鬼頭鉄工所の社長
伊藤社長　伊藤段ボールを経営

一、入　社

昭和三十四年九月二十六日深夜、超大型台風「伊勢湾台風」が和歌山県の南端「潮岬」付近に上陸、北上し主に愛知県・三重県を中心に死者、行方不明者を合わせ、五〇九八名という、史上最大の犠牲者を出す大災害となった。

なかでも名古屋市内の南部、ゼロメートル地帯の「南区」「港区」等は、高潮と満潮が重なり、その上台風の強風による大波が押し寄せ、堤防が決壊した。さらに深夜には、全域停電、真っ暗闇のなか大木を始め、いろんなものが流された。

そんな悪条件が重なり多くの家が倒壊、流失し、多くの人命が失われた。辛うじて残った家も一ヶ月以上水没したままの状態がつづいた。また海側の「鍋田干拓地」はもっと深刻で、絶対大丈夫と言われた強固な堤防が決壊し、大量の海水が流れ込み、家は流され、作付けしていた「稲」は全滅。そこに入植していた多くの農家の人々が犠牲になった。

そんな大災害の年に高校三年生だった久保田実は、出身地の浜松市で就職活動の最中であった。

学校の就職指導の先生とたびたび連絡を取り合っていたが、浜松地方は戦後不況の長いトンネルからまだ多くの中小企業は立ち直れずにいた。

学校側としては遠く、東京や名古屋あたりまで範囲を広げて就職活動をしていた。

やがてそんな年も十一月になったころ、久保田実は就職係の先生に呼び出された。

用件は当然就職のことであった。

名古屋にある小さな商社からの求人で、求人票を見ると、「中央物産」という会社で、職種は「工場用品の機械と、工具の販売」となっている。

久保田は元々営業職を希望していたので、さっそく先生と一緒に名古屋まで行って、面接試験を受けることになった。

中央物産と連絡を取り名古屋まで行き、会社に訪問した。ところが先の「伊勢湾台風」で大きく被災したようであった。社名の看板が落ち、事務所はもとより応接室まで浸水したのであろう、腰の高さまで浸水跡が残っていた。

事務所を見ると机が並んでいた。その数からみて従業員はおよそ十数名程度であろうと見当をつけた。

応接室で面接試験を受けることになった。

社長が面接すると聞いて訪問したのだが、急用ができて外出したとのことで、代わりに「重役」と見られる方から約三十分程度の面接を受けた。

「合格、不合格」は後日連絡するという話を聞き、二人は会社を後にした。

久保田は性格的に明るく、彼自身もできれば営業職を希望しているので、小さな商社でも良いと考えていた。

あとは合格通知を待つばかりである。

ところが、その年が暮れ、年が明けても試験結果の「合、否」の連絡がなかった。

就職係の先生も心配し、もしかすると不合格か、と半ばあきらめかけていたところ、

ようやく吉報が届いた。中央物産からの電話は、
「いつから会社に来られるのか」というもので、その時初めて久保田は「合格」した
ことを知ったのである。

それから二月になったある日のこと、たまたま久保田が家にいる時、家の前に一台
の黒塗りの乗用車が止まり、一人の男の人が訪ねて来て、

「久保田さんの家はここですか」

「そうです」

と返事し、見知らぬ人だがまず家のなかに招き入れた。さらに、

「お父さんはいますか」

「今、畑に行っています」

「いつ帰られますか」

「すぐ呼んできます」

と言って畑へ走った。やがて間もなく久保田が父を連れてきて、その男性を紹介す

る。

名刺を見て驚いた。「中央物産株式会社、社長、田中一郎」とある。

突然の訪問者は、昨年名古屋まで行って面接を受けた会社の社長である、久保田の家までわざわざ訪ねて来られたのだ。その社長が父に、

「今はどんな作業をしているのですか」「田や、畑はどの位あるのか」などと聞かれて、

「主にみかんと、畳表」

と話しているうちに母親も家に帰ってきた。社長に目礼すると家の奥に消え、間もなくお茶を用意して差し出した。

一時間ほど世間話をして、

「三月に学校を卒業したら、会社へ来てください」

と言い残し社長は帰って行った。

その時の話では、会社の従業員はほとんどが地方出身者なので、みんな親元を離れて会社の寮に入り生活しているとのこと。

だから社長はみんなの親代わりとして仲良く生活しているので、安心してくださいとのことであった。

小さな会社なので、「入社式」などあるわけもなく、久保田は三月十六日に高校を卒業すると、翌日名古屋まで行き、少し緊張しながら入社した。

さっそく先輩社員に会社の「寮」に案内された。そこは会社の建物の奥にあり、スレート葺きの建物で、一見倉庫のように見えた。案内されて入ってみると、建物の約半分の所に仕切りがあり、入り口側半分がやはり倉庫で、もう半分は畳が敷かれていて、そこが寮生の寝泊まりする「従業員寮」とのことである。すでに運送便で送っておいた久保田の「フトン袋」が入り口付近に置いてあった。

寮の規則を大まかに説明され、久保田の「寮生活」が始まった。

思えば、事務所で仕事をしていた先輩諸氏は、みんな「寮生」だったわけだ。

入社早々休む間もなく、すぐに先輩のオートバイの後ろに乗せられて、名古屋市内にある鉄工所など「得意先」なるものに初めて連れて行かれた。けっきょくその日は何も分からないまま、数社につき合わされた。

昼食はこれまた別棟にプレハブ造りの「食堂」があり、各自会社の休憩中にここで食べることになっている。食事は通いの家政婦のおばさんが用意してくれ、そのついでに寮生の夕食まで料理してくれる。

かくして就職第一日目は終わり、寮に入り自分のフトンを出した。先輩に寝る場所を決めてもらうわけだが、新入生は久保田一人ではなく、他に五～六人が同じ日に入っている。この狭い空間に、どうやってフトンを敷いたら良いのか、先輩方も困り果てている。

そのため仕方なく、数人は押し入れのなかにフトンを敷き、久保田の場所も部屋の入り口付近にようやく落ち着いた。

三月中旬といえばまだまだ寒い。ストーブなどはなく、夜中などスレート葺きの建物では「スキマ風」が入り、いくら戸をきっちりと閉めても寒い。もう、フトンにもぐって寝るしかない。

そんな毎晩だが、日が経つにつれてその寒さにも慣れてきた。仕事をしたあとは、疲れているので、もう、おかまいなしにすぐに眠りについた。

仕事は八時半が始業。タイムカードはないが、営業マンたちは早朝から次々と出勤し仕事を始める。

当時は社長のことをみんな、「大将《タイショウ》」と呼んでいたが、その大将も早くから事務所に出てきて、何やら仕事をしていた。

朝の掃除は新入社員がやるのが決まりで、事務所のなかから道路に面した歩道まで水を撒き、掃き掃除をする。それが終わると新入社員が毎日使う自転車を外に出して、きれいに並べたあと仕事が始まる。

この自転車こそ新入社員の商売道具で、「問屋からの仕入れと、得意先へ納品」に活用される。毎日先輩に「地図」を書いてもらい、名古屋の街中を東西南北、あらゆる所にこの自転車で走りまわるのだ。

自転車で走ってみて感じたことがある。名古屋は「濃尾平野」のなかにあるから、もっと平坦な地形だと思っていたが、自転車で走ってみると、意外に坂道が多いことが分かった。

入社当初のころは先輩と一緒にオートバイに乗っての得意先回りだったので、こんなに坂道があるとはあまり感じなかった。

しかしいざ自分で自転車に乗って走ってみると大違いであった。ゆるやかな登り坂だったり、気がつけば「陸橋の坂道」などになっている。重い荷物を運ぶ時や、あまりにも急な登り坂などは、自転車を降りて登らないと体力的にも不可能であった。

登り坂では坂の途中で休憩する時もしばしばで、そんな時は余計な時間がかかり、少しでも会社へ帰るのが遅いと先輩たちは「どこへ行っていたのか」と心配される。

まだ上司が決まらない久保田は、各々の営業マンから、それぞれ仕入れ・配達を頼まれるので、けっこう忙しい毎日を送っていた。他の新人も同じように自転車で走り忙しそうである。

入社後半年も過ぎると、ようやく久保田の上司が決まり、その上司の仕事だけをすることになった。

最初のうちだけはオートバイの後ろに乗せられ、あらためて得意先を教えてもらった。担当区域は、名古屋市内でも「港区」や「南区」で、前年の「伊勢湾台風」による大災害に見舞われたお得意さんばかりだ。

それでももう半年以上も経ち、工場は力強く、少しずつながらも立ち直り復旧し、生産活動に励んでいる。

しかしあまりにもひどい被害を受けた工場には、台風の爪痕がまだ残っていて、錆びついた古いこわれた機械や、大水で流れついた材木等が敷地の片隅に積まれている。

ある工場では生産活動が活発なのか、午前中に配達が済んだばかりというのに、また午後にも注文が入ることもあった。久保田は上司から指示を受け、再び問屋から仕入れ、そして配達に自転車を走らせる。さらに他の得意先からも注文が入り、またまた問屋まで仕入れ、それぞれ数社に配達とけっこう毎日忙しい。

　中央物産はあまり多くの在庫を持たない商社だったので、得意先から注文が入ると、大抵会社の倉庫には品物がなく、その都度、問屋へ仕入れに行かねばならないのである。

　夏場などは汗だくで走り、その上雨でも降ると「カッパ」を着て自転車を漕ぐので大変なことになる。体全体下着まで汗でビッショリで気持ちが悪いけど、着替えなどは持っていない。そんな時は少し雨やどりの「休憩」をするが、汗はとめどもなく次々と噴き出してなかなか止まるものではない。

　これが冬場になると今度は「伊吹きおろし」とかで、けっこう北風も強く吹きとても寒い。名古屋地方などは比較的「温暖」かと思っていたが、時折雪が降ったり積もったりする。そんな時は自転車も「スリップ」に気を遣いあまりスピードは出せない。

　特に坂道では下り、上りともに自転車から降りて、押して歩くほうが安全である。なかでもすごく重かったり、自転車より長い商品を運ぶ時にはとくに気を遣い、転倒しないように心がけた。

二、凄腕《スゴウデ》営業マンとの出会い

約一年間、名古屋市内の「港区」「南区」を主に営業展開する上司と組んで仕事をしていた時、田中社長から上司の変更を知らされる。

新しく久保田の上司となる先輩は、社内の先輩達に「凄腕の営業マン」と噂される人物「坪川敏夫」である。

会社はこのころから営業方針を変更し、大胆な「拡大路線」に舵を切った。

具体的にいうと、従来からのお得意様を守りつつ、新しく得意先を得るという大企画「新規開拓ノルマ」を全営業マンに課したのだ。

営業マンが申し出れば希望する地域で新規開拓できるが、特に希望がなければ会社のほうから担当地域を割り振られる。大抵は後者のほうだ。

それから今まで社長のことを「大将《タイショウ》」と呼んでいたのだが、これからは心機一転「社長」と呼ぶように指導される。

さて久保田の上司に決まった坪川敏夫だが、新しく開拓する担当地域は名古屋市内ではない。会社にとっては初めての市外「刈谷市」と「蒲郡市」方面となった。

当然得意先はないので、新規開拓しないと仕事にならない。普通なら、従来の得意先を五～六社担当しながらの新規開拓となるのだが、従来の得意先は持たず、ひたすら新規開拓のみを展開する。

仕方がないので坪川は、初めのうちはアシスタントの久保田をオートバイのうしろに乗せて、毎日毎日、開拓する数社を選定、飛び込みセールスをおこなった。

しかし見ず知らずの新しい会社と取引を始めるのは、並大抵のことではなかった。

小企業の工場から、時には大企業まで予定を立てて毎日毎日、コツコツと久保田と一緒に、ある意味がむしゃらに訪問をくり返していた。

そんな状態で五ヶ月以上も過ぎようとしていたある日、小規模の工場であったが、見積りの依頼が来た。初めての依頼である。こんなチャンスを坪川が見逃すはずがない。慎重に価格を考えた上、翌日さっそく見積りを提出し、少し様子を見ることにした。

するとその次の日にも、同じ工場から別の品物の見積り依頼が来た。その購買の担当者が真剣に考えている証拠だ。

これは多分誠心誠意の人、坪川先輩の人柄を相手担当者が気に入ったのではないかと、久保田は確信した。

その後数日すると、購買の担当者から、「発注します」と言われたのである。やっとの思い、そしてあまりにも急にしかも、数点一度に受注できたので、坪川と久保田は大いにびっくりしたものである。

それがきっかけとなり、その工場の担当者からはさらに次々と見積り依頼が来るようになった。

とにかく早く、少額でも、たった一点の商品でも良いから、受注できるよう必死で取り組み、全身全霊を尽くした結果、やっと取引口座を開いてもらうことができたのだ。

会社の方針とはいえ新規開拓として、毎日数社をピックアップして訪問するのは、正直なところとても大変である。毎日毎日つらい思いで、成果はなかなか出なかった。それでもお客様へ訪問するたびに話題を変え情報を与え、時には新商品のカタログを勧めたり、見本品を渡して、その結果を聞いたりと、手を変え品を変え新規開拓に励んだのである。

早くなんとか一社とまず取引をしたいという一心で、オートバイに乗り久保田とコンビで走る毎日だったが、とうとう一社を受注に漕ぎつけたのである。

毎日努力した結果がやっと実り、二人で喜びあったものである。

一度、その会社の口座が開けば、さらに次々と見積りの依頼は多くなり、当然受注のチャンスが広がるのだ。相手の会社にとっても結果的には、コストダウンになるわけです。

しかし、凄腕の人物と評される坪川の本領が発揮されるのは、これからであった。具体的にいえば、まず取引が始まると、購買の担当者に「工場見学」を願い出る。次に作業着に着替えずに、普段の服装のまま作業現場へ行く。訪問するたびに現場へ入り、油まみれになっても一向に気にしない。とにかく、どのような作業でどんな部品を作っているのか詳しく調べ、次回の参考見積りの課題とする。

そしてその部品をつくる道具、切削工具、測定具類の見積りをさせてほしいと願い出る。

ここで注意しなくてはいけないのは、どの工場にも必ず企業秘密の所があるので、その現場には絶対に立ち入らないよう徹底することである。

そのように提出した見積り案件は、相手担当者にとって必ず「コストダウン」などのメリットにつながるものである。

かくして坪川は次々と見積書を「参考にしてください」と、毎日のように提出するのであった。

また、訪問するたびに現場へ顔を出すので、現場の作業員とも面識ができる。彼らとの話のなかからも、要望を聞き出し改善に取り組む。いろいろ相談にも乗って親しくなっていき、益々坪川との信頼関係も深くなるのであった。

そのように営業をつづけてゆくと、少しずつだが受注がさらに増えていき、自信もついてくる。他の新規開拓中の工場からも同じように毎日訪問するうちに、ボツボツと見積りの依頼が入るようになる。

大企業、中小企業を問わず坪川の人柄、誠実さが徐々に実り、少額ずつではあるが受注が入るようになってきたのである。

坪川はやっと少し気持ちにゆとりが持てるようになり、今後は久保田に商品の配達を全部任せ、坪川自身はさらに他の「新規開拓」をすることになった。

久保田にはオートバイが与えられたが、まだ一日の仕事量としては得意先も少なく時間に余裕があるので、ひまを見つけては「新規開拓」に挑戦することになった。

坪川と久保田が「新規開拓」を始めてからおよそ一年もすると、取引先は予想を超えて大手企業を含め五～六社以上にもなり、一回の受注量も益々多くなって久保田の配達業務も忙しくなってきた。

坪川の凄腕とはこういうことなのか。たった一年で次々と得意先の口座も多くなり、中央物産の発展に大いに貢献したといえるのではないか。

この時期でも久保田の営業回りに時折坪川は同行し、営業マンのきびしさ、責任感、さらにはどんな細かなことでもけっして手を抜かないことなどを、指導してくれるのであった。

このように毎日得意先を訪問するという古びたやり方で二年が経過し、気がつけば取引先は二十数社にもなっていた。

坪川、久保田のコンビは予想以上の早さで、順調に売上を伸ばしていったのである。

凄腕・坪川敏夫ははっきり言って、おしゃべりではない。彼の特長を一言でいうならば「観察眼」が鋭いということ。それゆえ「この工場にはこれを勧めると良い」などということが容易に分かる。

また新規訪問の際には必ず「現場訪問」を求める。だがその現場が油まみれであったり、機械や道具が雑然となっていると、坪川はけっして深追いしなかった。そういう会社とは少し距離を置くのである。

また、新規で会社を訪問し事務所で面談している時など、相手の方の話を聞いてばかりでやや質問が少ない。これは坪川がその担当者の人柄を判断しているからである。その日はそんな程度の話で終わるが、翌日訪問すると今度は逆に坪川のほうから次々と質問をする。そして「工場内への見学」を申し出るのだ。するとその現場が整然としていると坪川のスイッチが入る。そしてその会社に「ムダ」はないか、従業員の働きぶりはどうか、毎日訪問して現場の作業者と話すうち、コストダウンの話をする。

単に「他社の価格より安くする」というそんな単純な話ではなく、「もっと効率的に仕事ができて、しかも、作業も楽になる」という方法を提案するのである。ある会社では、

「今までいろいろな営業マンが来社したが、あなたのように本気で会社のためになる

ことを提案してくれる営業マンは皆無であった」

とまで言われるのである。

それ以来坪川は一目を置かれるようになり、相手側から相談をもちかけられるたびに、的確なアドバイスをしていったのだ。

そういう関係になればしめたもので、あとはひたすら現場へ行き、そのたびにコストダウンに結びつく提案をし、商談が実るのである。

常に前向きで笑顔を絶やさない坪川は、常に現場を観察し新提案を示していった。

三、新たな担当エリア

そんな営業活動をしていたある日、坪川と久保田に担当地域の異動の辞令が下りた。今の、「刈谷」「蒲郡」地域は、別の営業マンと新人のアシスタントが担当することになったのである。

担当地域の変更により坪川と久保田は、次のターゲットとして「豊橋」と「豊川」方面を受け持つことになった。

新たな担当地域に初めて足を運んでみて気づいたのだが、どういうつながりがあったのか、古くから中央物産と取引のある得意先が一社あることが分かった。

細々とはいえ取引のある会社があったので、以前のようにゼロからのスタートで、見ず知らずの会社ばかり新規訪問していたのに比べれば、大いに勇気付けられたものである。

ところが今度は今までなかった「売上ノルマ」が課せられることになった。それもかなり努力しないと達成できない「高額」のノルマである。のんびりと新規開拓営業している場合ではなくなってきた。

しかし坪川と久保田のコンビに課せられた高額ノルマは、会社側の期待の裏返しともいえたのだ。

豊橋や豊川方面には大企業はほとんどなく、いわゆる「中企業」が多いので、感覚的にはかなりやりやすいように思われた。

毎日訪問するのは当たり前だが、今度は毎日新商品の案内や、カタログを持参し説明をする。そして購買課の担当者には、特に「コストダウン」の相談に乗るという作戦で突き進むことにした。

まずは従来から細々と取引のあった得意先に、無理を承知でお客さんを紹介してほしいと、お願いすることから始めてみた。

この地域の企業を訪問してみて感じたことは、地元の会社同士、それぞれにつながりが深いことである。だから何とか頼み込めば、何社か紹介してくれるということが分かってきたのだ。

坪川と久保田がこれを利用しない手はない。こんなにありがたい武器は、他の地域では考えられないことだからである。

その紹介状を差し出すとどんな会社の購買課の人も、最初から坪川や久保田の話を熱心に聞いてくれるのだ。

この豊橋や豊川は社名に「中企業」のブランド名がついたメーカーが多い。たとえば工作機械や、木工機械等々。全国ネットで販売されている品名のついたメーカーである。

さらに下請企業でも、中企業規模の工場をもっていることも多く、大企業の新規開拓に比べると、この中規模の工場はかなり取り組みやすい。

また、他の商社も狙いを定めて訪問していて、激しい闘いがくり広げられていたが、どの商社も長つづきはしなかった。

しかし坪川は誰にも負けない粘りで受注を勝ち取ったのだ。凄腕たるゆえんである。

前述のとおり、坪川は文句なしの開拓者であることは言うまでもない。

しかし取引もない会社を毎日毎日訪問するという過酷な業務の原動力は、果たしてどこから生まれるのであろうか。何も取引がないのに毎日訪問することに抵抗を感じないのであろうか。毎日活力をもって訪問できるのは、一体何がそうさせるのであろうか。

新規開拓は、ある程度通えば取引が始まるというものではない。それどころか、訪問先から邪魔者扱いされることすらあるのだ。

毎日訪問しているから話題もなくなってしまうだろうし、一体どうしたら相手の担当者とコミュニケーションを図れるのであろうか。毎日のことで話題もなくなり、落ち込むことはないのだろうか。

しかも先も見えず、数ヶ月経っても結果のでない毎日である。

しかし不思議なことに、最終的には訪問先の会社といつの間にか取引が始まっているのだ。伝説の凄腕営業マンの面目躍如といったところである。

彼と他の営業マンと比較した場合、具体的にどう違うのかははっきりしない。

どの営業マンも坪川を見習い、追いつこうとするのだがそう簡単にはいかないし、近づくことすら難しいのである。

常に坪川の一番近くにいる久保田は、いつもその営業テクニックを目の当たりにしているのだが、正直なところ他の営業マンと、どこがどう違うのか分かっていない。しかしひとつ言えることは、坪川はいつでも誠心誠意、どんな小さなことでも全身全霊で受け止めるということ。でも考えてみれば、そんなことはどの営業マンもやっていることではないか。

しかし現実に坪川だけが、数十社の新規顧客の獲得に成功している。他の営業マンは彼の足元にも及ばないほどの実績である。

また、よく考えてみると坪川は、入社以来営業畑専門である。

人懐っこい笑顔で相手の懐に入り、真面目な性格で常に真摯に仕事に向き合い、華々しい実績を残してきた。

そして坪川は「万策尽きた後に一手がある」と言う。もうダメだと思うな。思った後その苦しさのなかで、あきらめずもう一手、もう一手と、何度でもその危機を乗り越える。

けっして途中であきらめない。その結果が今の坪川をつくりあげたのだ。その信念が他の営業マンとの違いであろう。

坪川敏夫は文句ナシの開拓者であることは前述のとおりだが、いっぽう久保田実のほうは新規開拓に向いていないと思われる。

「刈谷」「蒲郡」方面の担当を始めたころの実績を見ても、久保田本人は一生懸命努力しているにもかかわらず、いささか積極性に欠け結果に結びつかなかった。本人もこの窮状を時々坪川に訴えていた。

しかし一旦口座が開くと、かなり積極的に売り込むことができる人物であることが分かった。取引さえ始まれば、水を得た魚のように能力を発揮するのである。

坪川はそんな久保田の能力を高く評価し、そんな彼の長所を活かせるように考えた。

具体的にいえば「豊橋」「豊川」方面の開拓に手を付ける際、久保田には従来からの取引先一社を任せつつ、新規開拓は無理のないところで、五〜六社をターゲットにするよう指示をだしたのである。

坪川が「豊橋」「豊川」方面の新規開拓を始めてみて「地元企業同士のつながりが深いと感じた」ことは前述した。それに関連していえることは、どの工場の担当者もご多分にもれず人当たりが良いということである。

この地域の特性というか土地柄の風土というか、坪川が今まで苦労をしながら新規開拓を重ねたいろいろな地域と比べてみても、群を抜いて人柄が良い土地柄といえるのだ。

坪川はこういう地域でこそ、あせらずじっくりと、相手担当者の方と世間話をするだけに留めた。

また他の工場でも、やたらと商品を売り込もうとせず〝自分を売り込む〟ことに徹したのだ。けっしてムリを言わず、相手の方のフトコロに徐々に飛び込む戦法で、訪問を重ねるのであった。

そして久保田はといえば坪川とは一定の距離を保ち、従来からの得意先一社を毎日訪問し、少しずつではあるが売上も順調に伸びてきていた。

だから余裕を持ってターゲットを絞り、新規開拓のほうも、何とか相手担当者とコミュニケーションを図ることができるようになった。

結果はやはりイマイチではあるが、コツコツと毎日努力しているようだ。

「豊橋」「豊川」にかぎらずどこの工場でもそうだが、古くから地元の機械・工具の商店とすでに取引をしているのは当然である。

坪川も久保田もそんな競合相手の出方も研究して、様子を見ながら新規開拓を進めるのである。

地元に根ざした従来から取引のある商店は、意外なことにどこもほぼ慣れ合いになっていて、マンネリ化しているのである。

たとえば新商品を勧めたり、あらためてメーカーの営業マンと同行するような、前向きな営業活動をすることはほとんどない。積極的な経営戦略をする商社は存在しないことが分かった。

坪川と久保田はここを商機ととらえ、この際大々的に積極的にメーカーの営業マンを引っ張り出し、同行させることにした。

新しい商品を次々と売り込むべく、毎日訪問することにしたのである。

従来から地元にある商社などは、今まで何をせずとも工場から注文が入るのが当たり前だと思っている。ただ単にその商品を配達するだけの単純取引で、何の提案も行動もせず、いってみればただの「御用聞き」のようになっていたようである。

漫然と商売をしていても一定の売上は上がるので、それでも商売として成り立っているのであった。

そんな状態のなか突然、海の物とも山の物ともつかぬ「中央物産」とかいう、聞いたこともない会社の出現である。

新規開拓といっては積極的に工場へ売り込み攻勢を、しかもわざわざ遠く名古屋あたりから毎日やって来るという。次々と新商品を売り込み、アプローチをかけてくるものだから、既存の取引業者はたまらない。

今まで何にも知らずそのままでヨシとしていたのだが、中央物産の積極的営業攻勢は、経験したことのない大変なショックであった。

得意先の工場にしても同様な商品が安く購入できれば、けっきょくのところコストダウンにもつながるし、たびたび新商品を勧められそれが良いものであれば、黙って見過ごすわけにはいかない。

坪川たちは見積りの依頼を受ければ必ず翌日には提出する。何に対してもどこよりも迅速に対応するので、好感度が抜群に上がり、その結果受け入れられるようになる。かくして新しい会社と予想以上に早く取引が始まるので、次々と好結果が生じるのだ。

また顧客担当者自身も、速い対応をすることで現場からの評判が良くなり、人物評価も上がるという好循環が生まれていた。

前述したように「豊橋」「豊川」方面の工場は小規模ながら、社名にブランド名をつけたメーカーが多い。坪川はそこに目をつけ、ベアリング製造工場には「切削工具」を、卓上ボール盤製造工場には「小型モーター」を、農機具製造工場には機械に取り付ける部品の一部を、といった戦略をとることにした。

また大企業の軽自動車製造工場には、組み立て作業のうちの一つにタイヤの取り付け工程がある。従来は四つのナットを締めるのにそれぞれ一コずつエアー工具で締めていたが、一度で四つのナットを締めつける「ナットランナー」という新製品を勧めてみた。これは当時最先端の技術で、試してもらったところ生産効率が大きく向上し、合理化に貢献したとして絶賛された。

コストダウンに協力し商機を広げていったのである。

四、会社の危機

従業員も徐々に増え、中央物産は事業拡大を一層進めるため、すでに手狭になっていた従来の事務所から、「鉄筋コンクリート」造りの四階建ての自社ビルを建築することになった。

一階は営業部、二階は半分を営業部、あとの半分は経理部と決まった。また、このところ毎年数人の寮生が入社するので、三階と四階が「社員寮」となった。建築期間は約四ヶ月程である。

会社の積極拡大方針は功を奏したように世間では見られたが、実際は違っていた。あまりにも急速に拡大したため、実のところ経理上支払いが先行するので、資金繰りが悪化、しばしば仕入先の問屋への支払いが滞るようになっていったのだ。

そんな細かなことは逐一営業マンには知らされていないので、仕入担当は何も気にせず毎日問屋へ仕入れに行っていた。

やがて一部の問屋では出荷を渋るという困った事態が起こり始め、ついには「出荷停止」の問屋が現れるのであった。

経理課では手形決済に重大な支障が起こり始め、社長は銀行からの借入に奔走する毎日がつづいていた。営業マンたちは苦労しながらもなんとか商品を調達して、どうにか凌いでいたのだが、会社は重大な局面を迎えていたのである。

そんな大変な時期に新社屋を建て借入金も多額になり、会社の存続が危ういということを、ようやく営業マン全員が知ることとなった。

新規開拓どころではないほどの状態だが、何としてでもこの危機を乗り越えなければならない。しかし営業マンとしては、仕入れもままならない毎日がつづくのではつらすぎる。

せっかく得意先から受注したものの、まともに調達できないのでは話にならないからだ。

いちばんつらいのは営業マンが問屋へ出向き、その問屋の棚に今必要とする商品があるのに、なかなかまともに売ってくれないことである。得意先から受注したものなので、問屋から何とか仕入れなければならないのである。

いずれにせよ営業マンはどんな理由があるにせよ、毎月必死になって売上を上げなければならないのである。

とにかくこの際いろいろ事情はあろうが、何とか問屋に交渉して仕入れなければ、そして絶対に得意先には納品せねばならないのだ。

仕入担当のなかには直接社長に「支払いは、どうなっているのか」と詰め寄る者もいるが、その都度社長は、

「もう少しの間、辛抱してくれ」

とくり返すばかりである。この先の見通しもとても楽観視することはできず、営業マンはとにかくひたすら毎日毎日、何とか問屋に交渉して、商品を仕入れて納品するよりなかったのである。

どんな会社でも成長過程では一度や二度、存続の危機に直面するのではないだろうか。これはある意味仕方がないことだといえよう。

しかしそういう危機に瀕した場合、社長たる者は全社員に対し、率直に会社の経営状態を開示・説明すべきである。

そんな状態が何年かつづき、会社の将来を悲観して退職する者も出てきた。残った営業マンがそれぞれ得意先を分担して引き継ぎ、何にも言わず、ひたすら会社を信じてみんなで頑張ろうということになった。

しかしさらに退職者は相次ぎ、残った者も先行きの不安から半ばあきらめる雰囲気になり、もはや手がつけられない状態となっていったのである。

くり返すが、担当者が抜けた穴はなんとかせねばならない。幸い残った者は皆「つわ者」ばかりで、この異常事態でも頑張りつづけるのであった。

そんな危機のなか担当者の抜けた穴埋めに、ついに社長は「身内の者」、つまり親《しん》戚《せき》筋から人を呼び、数名を入社させることになった。そのほとんどは営業経験のないまったくの「素人」で、この者たちでこの危機を乗り切ろうとしていたが、資金繰りの悪化は依然としてつづいていたのである。

親戚筋の者が入社しても単なる数合わせのようなもので、当然担当者の抜けた穴埋めには物足りない。会社で扱う「工場用品全般」の商品知識を覚えようとしてもあまりにもぼう大で、はっきり言ってすぐには使い者にはならない。とにかく当面は得意先の言うがまま、注文を聞いてくるのがせいいっぱいである。つまり当分の間は「御用聞き」程度である。それでも従来からの営業マンにすればけっこう助かる、それでも良かったのである。

「あの中央物産が潰れる」という噂は、このころ、この業界の常識となっていた。

それでも残った営業マンは皆、筋金入りの精鋭揃いである。彼らの努力もあり、年月を経るうちに奇跡的にも事態は少しずつ変化し、会社の支払いも徐々に改善され、何とか倒産の危機から脱出の見通しが立ったのである。

その危機のなか大勢の社員が会社を去ったが、営業マンとして会社を信じ、頑張りつづけた少数精鋭の者たちは、会社の危機を救ったのである。

苦しく長いトンネルを脱したなかにはもちろん、坪川敏夫と久保田実の両名がいた。

今回の会社の危機は急激に売上が伸びたため、仕入先への支払いがまず先になり、売り上げた得意先からの入金は当然後になる。支払いには約束手形を発行するが、その期日の多くは三ヶ月後である。そして売り上げた得意先からの手形決済期日は四ヶ月から六ヶ月後が多い。この間のつなぎ期間には、手元資金を銀行から借り入れるので当然金利・手数料もかかるし仕入《しいれ》金の支払いに、数ヶ月分の余裕はない。銀行からの借入が増し、時には約束手形に裏書して支払う。

さらに売上が急上昇すると仕入金も急カーブで増し、得意先からの入金が遅くなると支払いができなくなる。約束手形の期日もすぐに来るので資金手当をする。これらが順調にいけば良いが、一つ間違うと資金手当ができなくなり、支払いができなくなるのである。

理想的には売上は徐々に増え、得意先も翌月に全額支払ってくれれば良いのだが、必ずしも支払いが早い得意先ばかりではない。さらに約束手形の決済日を七ヶ月先とし、しかもそれが全額ではないという得意先もあるのだ。

したがって黒字経営の商社が倒産することも、現実にあり得るのである。

そんな苦しいことがあってから約二年後、中央物産の社長は、自社発行の約束手形を毎月引き落とす苦労に懲りたため、すべての問屋に対し次のような宣言をした。

「今後一切約束手形は発行せず、すべての支払いは、回し手形又は小切手払いないし銀行振込とする」

これも裏を返せば、実質的に黒字経営だったからなせることだったのである。

そんな苦しい時でも坪川と久保田は、相変わらず「豊橋」「豊川」方面をコンビを組んで営業活動に励んでいた。

幸い豊橋・豊川方面では、中央物産の倒産危機などは話題にも上らなかった。

坪川はそのころ、ある構想を会社側に提案していた。

それは、久保田実はすでに一人前の営業マンとして立派に育っているので、もう現在の担当地域は彼に任せてみようということであった。会社側も久保田の実績は十分評価しており、坪川の提案を受け入れたのである。

かくして久保田は「担当者」として正式に辞令を受け、新たにアシスタントとして、入社間もない新人の野上明を付けてもらうことになった。野上には主に配達を任せ、自らは「担当者」として責任を持って、鋭意努力することとなったのである。

高額のノルマを課せられたが、これも期待の裏返しと前向きにとらえ、自分を奮いたたせる久保田であった。


そのころには問屋からの仕入れもすでに改善され、何の心配もなく営業活動に専念することができていた。さらに新規のお得意さんも順調に増え、久保田と野上のコンビも、何とか軌道に乗ってゆくのであった。

久保田が担当になった当初はやや心配な面があったが、それも杞憂に終わり、むしろ売上が急速に伸びていった。

自動車産業はそのころから、各社とも毎年生産台数を倍々ゲームのように伸ばし、久保田は自身の実力もさることながら、時流に乗ったともいえるであろう。

いっぽう坪川の新規開拓においての活躍は相変わらずで、とどまるところを知らない。外で見る限りでは何の問題もなく、極自然体で新規開拓しているように見えてしまう。彼が生まれもった何がそうさせるのだろうか、初めて訪問しているのにもかかわらず、まるで以前からの知り合いのような雰囲気を持って接しているようである。

坪川は次のターゲットである、浜松地方の新規開拓に意欲を燃やしていた。また、豊橋と浜松の中間地点にある「鷲津地区」にも目をつけていた。そこには大手自動車部品のメーカーが数社あったので、着々と準備をしていたのである。

次から次へと情熱を注ぎアタックする。まわりから見ると、非常に無謀とも思われる大企業にも突然訪問するその度胸は、並の営業マンにはとても理解し難いものであった。

今までもそうであったが、どんな工場にでも名刺一枚で堂々と突然訪問する。そして結果的に取引が始まるというくり返しである。

かつてコンビを組んでいた久保田のように、新規開拓にやや欠けるアシスタントでも、何とか育て上げ、やがて担当者にさせる。弟子ともいえる久保田もそれなりに頑張り、売上も飛躍的に伸ばし成功させた。このように坪川は先々を見通すことができ、人を育て使う能力もあるということであろう。まさに凄腕のトップ営業マンといえるであろう。

浜松方面には「ホンダ」「ヤマハ」「スズキ」等、オートバイを生産しているメーカーもあり、「スズキ」や「ホンダ」は自動車も造っている大企業である。それらがそれぞれ下請業者を抱えている。

自動車産業以外でも一流の工作機械の工場もある。坪川がそれらの工場を狙っているのは言うまでもない。

坪川は満を持して浜松地方の大企業に新規開拓をかける。しかし名古屋から毎日訪問するには浜松はあまりにも遠い。時間と交通費もばかにならないので、この機会に中央物産として初めての地方拠点「浜松営業所」を開所することになった。営業所の所長を名古屋本社から赴任させ、他のメンバーは現地採用となり、人員は五名程度である。

思い起こせば凄腕営業マンである坪川は、「刈谷」「蒲郡」を皮切りに「豊橋」「豊川」と開拓、そして「浜松営業所」の開所と、随分中央物産の発展に貢献したものである。

その広いエリアで、自動車産業を中心に大企業から中小の下請まで、多数の得意先を獲得した。いわば東海道ベルト地帯が活躍の舞台となり、会社を急成長させた坪川敏夫は正に表彰モノであるといえよう。

五、担当顧客の変更

久保田実がおよそ五～六年ほど「豊橋」「豊川」方面を担当していたある日、直属の上司である課長、「平井太」に呼ばれた、用件は従来の「担当顧客を変更する」との話である。

来月から安城方面の「M電機」と「N工業」を担当せよとの辞令である。

久保田としては拒否できる立場ではない。

「豊橋」「豊川」方面では坪川と久保田で約二十数社を開拓し、それなりに成果を収め、一定の役割は終えていた。

久保田は即座に了承した。しかし新しく担当する二社について、久保田は内容をまったく知らなかった。

新たに任されたのは安城方面となったが、担当することになった得意先はたったの二社である。あとは新規開拓せよということなのか、だが不思議なことにノルマだけはけっこう背負わされた。

しかしその二社ともこの数ヶ月間、売上がほとんどないのである。しかも、「M電機」も「N工業」もまともな引き継ぎもなく、これには何か事情がありそうで、少し不安になった。顧客ではあるものの「新規開拓」と同じようなものである。大事な得意先なら、きちんとした打ち合わせがあって良いはずだが、「じゃあ頼むぞ」程度で引き継ぐことになった。

「N工業」の前任者は課長の「平井太」で、平井課長は何年間も担当しながら毎月の売上が何と、数千円だったので驚いてしまった。ただ口座があるだけで実際の取引が何もないのと同然である。

しかし中央物産社内では相手が平井課長だけに、そういう状態を追及する者がいないのだ。あの平井課長が担当していてもなかなか売上が上がらない。N工業は相当むつかしいので仕方がない、としていたのである。

平井課長は会社のなかで一番の古株であり、年功序列でトコロ天式に係長になり、そして今は何の実績もなしに課長に昇格していた。

これには裏があって、実は田中社長の妹と政略結婚しているのだ。だから成績が悪かろうと、誰からも追及されないのであった。

うまくゆけば将来は社長の座を約束されたようなもので、ちゃっかり会社の役員にもなっている。だから「N工業」が売上的にほとんどなくても「むしろ相手側」に事情があるようにとらえられている。いわば「どうにもならないお得意さん」ということになっているのだ。

だからどうせ誰が担当になっても、たいした売上は期待されない得意先だから、この際ノルマを課して久保田にでもやらせて尻を叩いておけば良い、くらいの軽い気持ちでの担当替えであったのだろう。

ところがどっこいこの久保田は、入社以来今まで、凄腕の営業マンに徹底的に商売のコツを叩き込まれていたので、怖い物知らずであった。

その「N工業」に対し真正面から、身につけたノウハウを駆使して攻め込んだものだから「N工業」はたまらない。今まで数年間に亘る平井課長のやり方と一八〇度違う久保田の売り込み攻勢によって、「N工業」の購買課長が中央物産を評価し直してくれたのである。

担当の久保田に対しては、いままでのありさまは何だったのかと、疑問をぶつけられる有様である。

久保田は自分が担当になったからには、今後の中央物産は今までの態度は改め、他の商社に見積り依頼する商品は、今後は中央物産にも同じように依頼してくれるよう、強く訴えた。それは「N工業」にとってもコストダウンの参考になる、と力説したのである。

長年「N工業」の売上は毎月わずかであったのだが、担当が代わり売上が急カーブで上昇したので、久保田は他の営業マンから驚異の目で見られるようになっていった。

面白くないのは平井課長で、いやがらせのように久保田の毎月のノルマを大幅に増やし、いくら頑張ってもとても達成できない数字を課すのであった。

平井課長としては、自身が長年担当していても売上が低迷していたのに、担当が代わると同時に売上が上昇することは、とても受け入れられることではなかったのである。プライドだけは一人前だが、課長としての立場もなくなり、その無能さが社内で広がるのは我慢がならなかったのだ。よもやこんなことになるとは、予想もできなかったに違いない。

完全に久保田を見くびっていたようである。

さて、次はもう一社の「M電機」である。

聞くところによると、中央物産側の不手際で現在取引停止状態になっている「M電機」を、日頃から憎たらしい久保田に、元のように取引を再開させるようにとの仰せである。

さすがの久保田も平井課長に詰めよった。今回も「N工業」同様引き継ぎもないまま、いくら何でも、どうやって不祥事の尻ぬぐいをしろというのだろう。しかも今度も初めからノルマをつけているのだ。不祥事の責任の所在は、平井課長にもあるはずである。ならば課長という立場から見ても、平井課長と当時の担当者が責任を持って対処すべきではないかと、噛みついたのだ。当然である。

仕方なく「M電機」を訪問する。しかし守衛所の係が、中央物産とは現在取引停止中なので入門はできないと言い渡される。

久保田は会社に戻り、平井課長に事の経緯を聞くが何ら的確な回答がない。勝手に厄介な得意先の担当を押し付けられた。それには何か深い事情があり、かなり手こずるということは、平井課長は十分承知していたのだろう。

一度問題を起こした得意先は、新規開拓するよりも余分なエネルギーが必要だ。久保田は運が悪いと覚悟を決めざるを得ない。一度担当になれば、元に戻すことはあり得ないのである。

「M電機」は現在は取引停止中だが、ずいぶん前から取引していたので、特別に訪問だけは許された久保田は、とにかく毎日訪問をつづけ、数週間してやっと購買課長との面談を許され、事の真相を聞くことができた。

取引停止の理由は、値決め交渉中、購買課長からの提案に中央物産の担当はいっさい応じず、席を立ったことだという。いってみれば「購買課長を舐めた態度」に終始したわけで、そんな会社と今後取引に応じても良いことがあるわけがない、と判断されたとのことである。

久保田はその行為に対し深くお詫びし、何とかこの際お許しをいただけるよう、「今後は私が誠意をもって、お取引の再開に向けて最善の努力をします」と丁重に頭を下げたのであった。


しかし、それ以降も仕事の話はおろか、毎日訪問・面会しても形式的な挨拶のみに終わり、辛抱の日がつづくのだった。

そんな状態がつづくなか、あるとき久保田は思い切って購買担当者に、「工場現場へ行きたいので許可してほしい」と申し出る。今まで針のムシロ状態のようななかで毎日訪問していたので、勇気を持って提案したところ、これが図らずも「コストダウンになるようなものを見つけてほしい」という、うれしい答えが返ってきたのである。

それからというもの、毎日現場の担当者に会い、名刺を配り、コストダウンになるよう相談に乗ったりするようになったのである。また現場の若い人には、時折商談というよりも、久保田自身の今までの生きざまを話したりしていた。

このように新商品を勧めたり身近な話題を提供したりして、着実に現場の人との距離を縮めようとする努力を怠らなかった。

およそ、約半年以上もそんな訪問をくり返しているうちに、生産技術課や治工具課などから久保田に直接相談や、問い合わせてくることが多くなり、その打ち合わせた商品が「購入希望」となって購買担当者に届くようになってきた。

小さな風穴が空いたのか、取引停止中なのにいつの間にか購買担当から呼ばれるようになり、取引が再開される日も近い見通しとなったのだ。

そしてついに待望の「見積り依頼」が購買担当者から告げられ、翌日さっそく見積りを提出すると、ようやく購買課長が面会してくれるようになった。

課長から「この長い取引停止中にもかかわらず、よく辛抱してくれました」と労いの言葉を賜り、めでたく取引停止は解除されることになったのである。

思えば長い道のりであった。どうしても何とかせねばいかんとの信念で、成果もあてもなく毎日訪問するのは正直なところ、並大抵なことではない。初めのころは誰も話し相手になってくれず「早く帰れ」と言わんばかりであった。特に購買課長には何回も面会を求めたが会ってくれず、とてもつらい毎日であったのだ。

でもやっと、再取引のスタートラインに立つことになった。この感謝の気持ちは、終生忘れることはない。

しかし久保田の仕事はこれで終わりではない。従来にも増して毎日現場まわりをつづけるのであった。

思い返すに久保田は、毎日の訪問の折にはどの方にも、元気に「おはようございます」と必ず挨拶《あいさつ》することを心掛けていた。それがたとえ女性であっても同じように振る舞い、徐々に「人気者」になっていったのだ。

「あの人は誰ですか」

「あの方は中央物産の久保田さんという方みたいですよ」

とけっこうな評判になる。するとそこでその上司の方に久保田が呼ばれ、

「何か良い話題でもあるのか」

と言われれば、さっそく名刺を渡しすぐに会話になり、名刺を見てその人が生産技術の方なら、

「コストダウンの件では何でも協力しますよ」

と相談を持ちかけるのだ。

久保田はすでに現場へ行って、おそらく「ムダ」にしている「治工具」を再生する方法を考えていて、

「この治工具は使い捨てでなく再生、再利用をすると良いのではないですか」

と提案し、その現場の人には「大幅なコストダウンになりますよ」と答えておいたのだ。

そこで一例を挙げると、久保田が先に述べたようにM電機の「治工具課」へ行ってきた際、そこには少し錆びついた「テンプレート」が大量にあったのに気がつき、その現場の方に、

「こんなに沢山のテンプレートをどうするのですか」

と聞くと、

「生産モデルが終了するとやがて廃棄となります」

とのこと。何とももったいない話である。ここでいうテンプレートとは、「自動倣《なら》い旋盤」という機械を使い、素材を取り付けセットすれば、無人で自動的に寸法通り三〜四工程をミリ単位で専用加工し、仕上げてくれる便利なものだ。そのため一枚あたりの単価も相当高価な治工具といえる。

そこで久保田はさっそく生産技術課に行き担当の方に、

「使い捨て同然のテンプレートを再利用してはどうですか」

と提案すると、

「何か良い方法がありますか」

「独自の技術でテンプレートを再利用することができます」さらに「まず試しに一枚だけやってみましょう」

とつづけ、次の生産モデルの図面を借り、約一週間後に加工し仕上げたテンプレートを届けた。

生産技術の担当者は、あまりにも早く再生品ができたのに驚き、喜んでくれた。

さっそくそのテンプレートを品質管理課で測定検査すると、新品同様で「合格」となり、次のモデルで使用することが決まった。

仮に新規に製作すると相当高額となるが、本来錆びついて捨てるものをこのように再生すれば、かなり安価で仕上がるので大幅なコストダウンになり、現在大量に残っている廃棄寸前のテンプレートは、今後はすべて再生利用することとなったのである。

このことは生産技術課の課長も知ることとなり、その場で購買課に直ちに連絡された。先の「試しの一枚」の再生テンプレートは正式に「発注」ということになり、晴れて商談成立となったのである。

そんなことがあり久保田の信頼度が増すなか、今度は品質管理課によばれることに

なった。聞けば「電気カンナ」の平面部の測定に困っているらしく、

「何か良い方法を考えてほしい」

とのことである。久保田は即座に、

「コンピュータで即時測定のできる方法を考えましょう」

と応え、すぐさま「自動測定器」のメーカーにアイディアを提供して、なんとかこの案件を成功させようと考えた。

また久保田は、M電機に対し電動工具の「コードレス化」も提案していた。これは大袈裟にいえば、全社的に取り組まなければ意味がないことである。

従来は電動工具を使う際、必ずコードを引っ張りコンセントに差すわけで、コンセントまでの距離が遠くなるととても不便である。そこで今後の課題として、すべての電動工具はバッテリー式とし、(コンセントがなくても) どこでも使えるようにすべきと提案したわけだ。これは久保田独自のアイディアとして提案していて、「近い将来には必ず需要があると思う」と購買課の方に熱く語っていたものである。

ちなみにバッテリー式の電動工具はすでに数種類が発売し始めたようで、久保田の

提案は同業他社より少し早めであったようである。

久保田自身、どの課の人にもどの工場の人にも必ず「笑顔」を絶やさず、その上で実直さも忘れずに接していた。その努力が徐々に実っていったのである。

また各部署においての提案や、新たなコストダウン等の話の経過は、細大漏らさず購買課に報告するのを怠らなかった。

コストダウンは全社的に取り組んでいるので、久保田は毎日現場に足を運び各担当者とディスカッションをして、新たな考えで工程を見直し、より効率の良い方法を提案する「アドバイザー」的な存在といえたのだ。

それらのことがM電機との取引が再開できる一因になったのである。

心を引き締めて努力をした結果、購買課長のメンツを立てることになったのであろう。その根底にある「誠心誠意」は、凄腕坪川敏夫から薫陶《くんとう》受けた代物に相違ない。

いっぽう、「N工業」のほうも久保田は忘れてはいない。取引は順調に推移し、購買課長に現場行きを許され、毎日直接現場訪問をくり返していた。

この「N工業」の売上が伸びたのには理由がある。それは、この工場において「高額商品」の発注権限は課長にあり、若い購買担当者は少額の商品に対してのみ権限を持っていたのだ。それを知った久保田は、当然訪問時には主に課長と面談するようにしていたのだ。


中央物産の前任担当者、平井課長は長年果たしてどのような営業活動をしていたのであろうか。びっくりしたことに、なんと肝腎の購買課長は中央物産の担当者が、平井課長だったということさえ、知らなかったというのである。

その存在感のなさが、売上の低迷に直結していたのであろう。さらに驚くべきことに、中央物産がどんな会社なのか、何を取り扱っているのかさえも、ご存知なかったのである。

これでは売上が伸びるはずがない。久保田はあきれ返ってしまった。平井課長は「N工業」の前任の担当者である。彼に今現在の取引の状態を聞かれたら、どのように報告説明をしたものか、久保田は困ってしまった。

けっきょく当たり障りのない適当なことを言って、報告をしたのである。

「N工業」へ毎日訪問するうちに購買課長ではない人に、

「機械類も取り扱っているだろう」

と聞かれたので、

「もちろん取り扱っています」

「近々のうちに機械類を購入する予定があるので見積りはできるのか」

との打診があったが、正直なところ久保田は困ってしまった。というのも中央物産には以前「機械類専門」の営業部門があったのだが、機械類は常時売れるはずもないとのことで、数年前にその部門はなくなっていたからだ。仮に機械類の引き合いがあっても、その対応は各営業担当者任せの状態であった。

それでも久保田は各機械メーカーに問い合わせ、形ばかりの見積りをつくり「参考までに」ということで購買課長に提出することになった。

その見積りは、久保田にとっては初めて、と言えるほどのかなり高額な金額となったのだ。

それからしばらく経っても何の打診もないので、もうあの機械の件は終わったものと思っていた。久保田にとってはどうでも良いことなので、もう忘れかけていたのである。

ところがある日突然、購買課長に呼ばれ、

「以前提出してもらった、機械の見積りについて打ち合わせがしたい」

と言われ応接室へ招かれることになった。

久保田にとっては正直なところ、どうでも良い案件だったのだが、購買課長からの話なので無視するわけにもいかない。それでも高額案件なので久しぶりに緊張し、値決めの話し合いを始めるのだが、

「中央物産では機械類の実績はどのくらいあるのか」

と聞かれ、久保田は返事に困ってしまった。

「会社の他の営業マン個々のことまでは、あまりよく知りませんが、ほとんど取り扱ってはいないと思います。実際あまり実績はありません」

と正直に答えるしかない。

「N工業」はこのごろ、急成長している会社なので、機械類の購入に相当な額をつぎ込んでいたようである。だから久保田が見積った機械などは、大した金額などと思っていないような雰囲気があった。

それから二〜三日程過ぎたころである。驚いたことに、購買課長から「発注する」との回答である。

久保田にとっては機械の注文は初めてだし、その金額も相当高額である。今まで工場用品ばかり取り扱っていたなかで、考えたことも見たこともない、途方もない金額なのである。

この件は初めのうちは、単なる見積りだけの「ひやかし程度」の、おつき合いのものと考えていたのである。

けっきょく、その日のうちに購買課長直々に何と正式な「発注書」をいただき、久保田はさっそく機械メーカーに連絡した。その機械メーカーもその機械は初注文だったようで、少し驚いた様子であった。詳細な機械製作や納入期日等々は、メーカー側より「N工業」へ直接打ち合わせ・検討することで、何の心配もなくこの件は落着となるのである。


これを機会に「N工業」は、さらに工場用品の切削工具を始め、工具類の受注量がどんどん多くなっていった。

とても忙しくなり、毎月の売上が飛躍的に伸びていくようになったのである。


この「N工業」を担当していた前任の平井課長は長年、果たしてどんな営業活動をしていたのか。

ただ担当しているだけで毎日漫然と訪問していたのだろうか。それも少額のみ取り扱っている若い購買担当者しか面会せず、積極的に新商品のPRもせずにいたのだろうかと疑問が残る。

先の取引停止中にムリヤリ担当させられた「M電機」といい、今度初めて機械を注文していただいた「N工業」といい、現在その二社を合わせると、毎月かなりの売上となっている。

久保田は苦労した甲斐もあって、社内では一目置かれるようになったのである。

やがてこの先、久保田は人生の大転機を迎えることになるのだが、このころはまだ知る由もなかった。

日々忙しく営業活動に邁進するのみである。

くり返すがN工業の購買課では少額のものは若い課員に、高額商品は課長に発注権がある。

つまり「N工業」が今まで「少額」の発注しかしなかったのは、平井課長が購買課長ではなく、若い課員の元にしか通っていなかったからに外ならない。

平井課長は長年担当していながら、その流れすら理解していなかったのである。

久保田が攻勢をかけた結果、購買課長からも受注することができ、売上が急速に伸びることになったのである。

六、転　機

そんなある日のこと、およそ二十数年来の友人、鬼頭義夫から珍しく電話がかかってきた。

「一度ゆっくり、食事でもしながら相談したいことがある」

と言う。話によると今は鬼頭鉄工所という会社を立ち上げ、主に段ボール機械の製作や修理をしているとのことだ。

むこうは相談したいことがあるようだが、久保田自身は仕事も私生活も充実しており、順調なので特別話すことはない。しかしたまには昔話でもと思い、数日後に名古屋のレストランで食事をすることになった。

鬼頭という男は若いころから事業欲が旺盛で、大手の鉄工所の下請をしたり、アルミ製の窓のサッシを、自前の技術で製作販売をしていたという。しかしいずれも結果的に失敗し、今では段ボール機械の修理を手掛けたり、「鬼頭式」とでも言おうか、超シンプルな段ボール機械を独自で開発・製作をしているという。

さらに、古い段ボール機械を効率が上がるように改造・製作し、小規模の段ボール会社に納入して、業界をアッと言わせているらしい。

おかげで現在従業員も五名程雇っているとのことである。

食事をしながら久保田は、

「ところで相談とは一体何か」

と尋ねると鬼頭は、

「今、うちではコンピュータ付きのシンプルな段ボール機械を細々と製造しているが、この機械を今後、大々的に製造販売したい」

と言う。話としては面白いが、果たして、

「私を呼び出した理由は」

と返すと、

「このシンプルな機械は、どの段ボール機械メーカーも、今のところ製作していないので、今後必ず需要があると見ている」

　と力説し、さらに、

「この機械専門の販売会社を早く立ち上げ、その会社の社長を君に任せたい」

　と言うではないか。久保田は即座に、

「そんな夢のような話は今の私には、あまりにも唐突で強引すぎる、他の誰かに話を持ちかけるほうが良いのではないか」と断った。

　それにも関わらず別れ際に、

「真剣に考えておいてくれ」、

「他を当たってくれ」

　とまるで平行線である。

　久保田にとっては当たり前の話で、今は、「M電機」も「N工業」も長い間の苦労がやっと実を結び、大々的に取引を拡大中で、これからが久保田の実力を発揮するところである。

「段ボール機械を売る会社の社長」などに構っている場合ではないのである。

ところが数日して、再び鬼頭から電話が入る。

「少しは考えてくれましたか」

久保田はあきれて、

「この前、他を当たってくれと言ったはずだ」と返すと、鬼頭は少し間を置き、

「そうか」

と言って電話が切れた。


さらに一週間程経って三度《みたび》鬼頭から電話が入る。

「あれから俺も考えてみたが、やはり適任は久保田さんしかいない。とにかく新会社をつくりたいので、何とかその社長をお願いしたい。何とか考えてくれ、頼む」

の一点ばり、あれほど断ったのに、さらに今度は具体的な話を始める。

「資本金は一人五百万円ずつ出し合い計一千万とし、機械の製作は俺の鉄工所でやる。君と二人三脚でやりたい、どうだろうか」

久保田の知らぬ間にもう、新会社を立ち上げる構想が進んでいるではないか。あきれた久保田は、

「私にはおそれ多くて、社長というがらではないし、ましてそんな能力も智恵もない。とにかく無謀な話だ」

とこちらも譲らない。

しかし久保田は少し考え込んだ。何か特別な理由があっての話なのか。自分は工場用品の販売一本で生きてきただけなのに、鬼頭は何か勘違いしているのではないか。自分が社長に推される理由がまったく分からない。久保田の性格からしても、とても社長など務まるとは思えない。

また電話がきた、もう四度目だ。あまりにも執拗で強引な誘いに仕方なく、

「やる気はないが鬼頭の顔を立てるつもりで、一度だけ鉄工所だけでも見ることにしよう」

と答え、数日後仕方なしに「工場見学だけ」と断って訪問してみることになったのだ。

その工場の外観は、スレート造りの建屋が二棟とプレハブの事務所が一棟という、どこにでもありそうな町工場であった。

そのうちの一棟では、ちょうど部品造りのため大型の機械が一台稼働中である。他の機械も説明によると、段ボール機械の重要な部品を造っているのだそうだ。

また他の機械も数台忙しそうに稼働していて、従業員は五名程作業している。別棟にはコンピュータ付きの工作機械があり、小さな「町工場」だがなかなか活気がある。設備的には問題ないようである。

事務所で鬼頭と話す。間もなく部品類が揃い、段ボール機械の組み立てが始まると忙しくなるようだ。本来ならその機械の組み立てる時に、どれほどシンプルで高性能な機械であるのか証明したいという。そんななか、

「今後の事業拡大には、久保田の販売技術が必要だ」

と力説するが、

「今日は工場見学に来ただけだ」

とやんわり返す。


この段ボール機械は、鬼頭の頭脳をトコトン振り絞り、超シンプルを追求したものである。そして他社では絶対真似《まね》できない、独自のノウハウを駆使しコンピュータ制御したものである。くわえてほんの少しの知識があれば誰でも簡単に操作できる、非常に使いやすいものである。

価格は一五〇〇万円と高額だが、他社の類似機械は操作も複雑で、価格は三倍以上する。これほど安価にできるのは、部品点数を大幅に減らしたためで、そのため故障もほとんど起こらない機械だという。説明する鬼頭は自信満々である。

「マルチマシン」と名付けられたその機械は、かなり本格的なモノである。

しかし久保田は工場用品の販売実績は十分あるが、機械販売の実績はほとんどないに等しい。

帰宅後、冷静になって考えてみた。万が一、この「マルチマシン」という機械を売ることになった場合、コンピュータの知識が必要となる。その面では素人そのものなので、まったく自信がない。

今日初めて工場見学をしたからといって、会社を辞めてすぐに新会社を立ち上げると約束したわけではない。

だいたい、あれほど誘いを断っていたのだから、気にしなくても良いのだが、あれだけ精密な機械とコンピュータを見せられては、「長年の営業マン魂」が平常心を失うというものだ。

仮に話を受けた場合どうであろうか。一五〇〇万円もする機械であるし、この分野はまだまだ始まったばかりで未知数の市場である。需要もあり見通しも明るそうだ。

市場が若いだけに先手必勝、顧客の開拓は面白そうだ。久保田は大いに悩むことになった。

　それにしても鬼頭は、零細企業でありながらあれほどの複雑な作業を、コンピュータ制御に成功させている、業界では「シンプル化」はムリと言われるのを、信じられないほどの先端技術で乗り切り、奇抜ともいえる機械を完成させ、製作しているのである。


　工場見学をした翌日、さっそく鬼頭から電話があり、

「どうでしたか、一つ考え直してもらえましたか」

　さすがに久保田は即答できなかった。あれほど拒否していたものだが、現物の機械を見させられ、圧倒されてしまい、豹変《ひょうへん》しようとしている自分に戸惑っていた。

「この話はなかったことにしてくれ」とは、言えなくなっており、「今少し考える時間をくれ」

　と返すのがやっとであった。

思えば、中央物産へ入社以来二十数年もの間会社の看板を背負い、コツコツと毎日地道に工場用品専門に営業活動をしてきた。この先もすべて順調にゆくとは限らないが、真面目に定年まで勤め上げれば、退職金だってそこそこもらえるはずである。

そのいっぽう、この辺で今まで培ってきた営業ノウハウを生かし、思い切って、まったく未知の業界に飛び込んでみたいという気持ちもある。

複雑な機械をシンプルに変えてしまう、天才的アイディアマン・鬼頭義夫の製作する機械を販売するとする。今までのように「中央物産」という看板は使えない一匹狼である。何にも知らない世界に飛び込むことは、冒険であるし少し不安でもあるが、大きな希望もある。

久保田は悩みに悩んだ。伸るか反るか。誰でもこんな時は迷う、当然であろう。しかし早急に結論を出さねばならない。

あらためて考えてみると、久保田は段ボール機械のことはまったく知らないズブの素人である。「段ボール紙」を製造している工場さえほとんど見たことがない。

そこで参考までに一度、鬼頭に段ボール製造の現場を見学したいと願い、できれば中規模の工場を数社案内してほしいと申し入れた。

さっそく工場見学の機会を得て思ったことがいくつかある。それは今まで気にかけたこともなかったが、段ボールを製造する会社は意外に多いのである。そして中小規模の工場を見ると、とても労働環境が悪い。たとえばロール状に巻いた用紙が乱雑に置いてあったり、見るからに雑然として、紙の埃が隅々まで積もっていて薄汚れている工場が多い。

これらは、工場の経営者の考え方一つでいくらでも改善が可能である。

そんな工場で働く従業員自身も、それが当たり前のようになってほとんど無自覚のように見える。従って段ボール工場では他の業種に比べて、比較的に労働災害が多く発生しているのが現実のようだ。

久保田は大いに悩んだ。今の安定したレールをこのまま走るべきか、あるいは残る人生を未知の世界へ挑戦、そして新会社を創業するか。いずれにせよ、早急に結論を出さねばならない。

鬼頭の頭のなかではすでに、久保田と二人で新会社を立ち上げるつもりでいるようだ。

久保田にとっては人生の大いなる分岐点である。大いに悩みながらも久保田は最終的には家族とも相談の上、鬼頭と一緒に新会社を創業する決断をした。

体力的にも精神的にもまだまだ余力のある現在、もう一度苦労するのは承知の上である。シンプルにして高性能の機械を自信を持って売り歩く人生も、まんざら悪くはないのではないかと結論し、久保田は鬼頭社長と手を組むことに同意したのである。


販売に際し久保田は鬼頭と幾つかの話し合いをもった。

従来久保田がおこなってきた営業は、市販されている工場用品を問屋から仕入れ、それを売っていれば良かったのだが、これからは営業とはいえ機械の細部まで知らなければならない。手っ取り早く機械の構造・仕組みを理解するには、自ら機械製作に当たり、久保田自身の手で部品を作り材料を加工し、それらを組み立ててみることである。

そのためには約半年間程度、工場内ですべての工作機械の操作・部品の加工方法を覚えたいので、これを認めること。

その間に機械の写真を撮ってカタログを作成。さらにできるものなら、機械の稼働運転中のビデオの作成も是非やりたい。

鬼頭は、久保田の提案を基本的に同意できるものからさっそく始めることにしたのである。

ついに久保田は、シンプルにして高性能の「マルチマシン」を、大々的に売り出すことになったのである。

以下に挙げる鬼頭鉄工所の社訓も、久保田の琴線に触れるものであった。

社長の信念　鬼頭鉄工所・鬼頭義夫

一、シンプル、低価格、徹底的コストダウンを図るべし

一、常に部品数を減らしその上で性能向上を目指すべし

一、誰でもすぐに操作できるように簡単な機械構造にするべし

一、固定観念を排除し、原点から見直し常に発明精神で取り組むべし

一、できる限りコンピュータを取り入れるべし

七、起　業

新会社の計画が煮詰まったところで久保田は、長年勤め上げた中央物産の社長宛に「退職届」を提出した。

翌日、田中一郎社長に呼ばれ社長室で面談する。この社長には公私ともども大変にお世話になったものである。

思えば久保田は高校を卒業後、十八歳で中央物産に入社。寮生活十年、結婚式の仲人も社長にお願いした。

やがて家を建てる時も社長が保証人になってくれた。大変お世話になったことに対し改めて礼を述べた。

社長から「今後はどうするのか」と聞かれ、「段ボール機械販売の会社を立ち上げる」と正直に答えた。

翌日久保田は新会社を立ち上げるため、その手続きを会計事務所に依頼する。

代表取締役は名目上鬼頭義夫とするが、実質的に久保田がその責任を負うことで決まる。

新会社は「株式会社タスク」と命名。事業内容は「段ボール機械の販売」とした。


久保田はさっそく工場に入り、鬼頭に教わるまま、丸棒のムクの鉄材から工作機械で削ってみて仕上げてみた。

複雑なものはとうていムリだが、単純な物をやってみると何とか最初に思っていたよりも、割と簡単にできそうだ。

丸い物や四角い物等では、操作する工作機械がそれぞれ違う。しかし基本的なものは一緒なので、工場内でできる限り時間を割きながら練習を重ね、少しずつ要領を覚え、未熟《みじゅく》ながらも何とかできそうである。


そんな毎日を数ヶ月間過ごしているうちに、先日から手掛けていた「マルチマシン」のカタログができ上がり、ビデオのほうも久保田が時間をかけ、自己流で作成。準備を整えて、かねてよりリストアップしていた段ボール会社に、カタログを郵送する。

まだまだ機械の知識は完全ではないが、あとは実戦で覚えていくしかない。まずは近くの段ボール工場から試しに訪問、いよいよスタートである。

中小規模の会社なら、ほとんどアポイントなしでもそこの社長や、工場長等に面会ができることが分かった。

「営業は、まず断られることから始める」とよく言われるが、初訪問して名刺交換し、カタログ説明を始めると、たいていの会社は機械がシンプルで、奇抜な形をしているので、とても関心を持って聞いてくれる。長年営業をやってきた経験があるので、一通り会話もできるし、質問でもあれば大成功である。

約半年間工場で部品造りもやり、シンプルな機械の組み付けにも積極的に加わったおかげで、カタログ説明などはお手の物だ。

久保田はカタログ配りを第一とし、次々と工場訪問をくり返した。リストアップした工場をほぼ予定通り訪問し終えると、訪問時に心証の良かった会社をピックアップし、次の作戦を考え、実行に移した。それは、マルチマシンを組み立て中の工場へ、見込み客を案内することである。

どの訪問者からもその奇抜なアイディアとシンプルさ、その上操作の簡単さで絶賛された。質問も集中したが、実地で勉強した久保田の説明は完璧で、みんなを納得させることができた。


久保田は中央物産に勤務時、新規開拓は苦手でなかなか工場訪問がつづかなかった。しかし新会社「株式会社タスク」では当然、そんなことはいってられない。新規開拓ばかりなので、こまめに訪問をつづけていった。

以前のような、会社の看板を背負って細かな工場用品を販売するのと、高額な精密機械を販売するのとではわけが違う。「やり甲斐」と「責任」が大いに異なるのである。

新会社を立ち上げ、毎日PR活動をしていておよそ三ヶ月もしないうちに、長野県の段ボール会社から電話が入った。「マルチマシン」の説明が、急いで聞きたいとのことだ。久保田にとって「初仕事」になりそうである。

聞けば機械を停める工場の昼休みに、全従業員を集めるので、ビデオ等でみんなに詳しく説明してほしいとのこと。久保田にとっては願ってもない絶好の機会である。

さっそく翌日、長野県上田市にある段ボール工場を訪問し説明会を開催。社長以下全員が参加され、ビデオ等で詳しく説明した。するとすぐに反響があった。現場作業員からは「多種少量」の手作業をするのには、これほど操作が簡単な機械はないと、絶賛されたのである。くわえて「シンプルな機械構造になっているので、故障もほとんどない」と補足することも、久保田は忘れなかった。

それからその工場の社長から「価格と納期の質問」があり、価格は一五〇〇万で納期三ヶ月と答えたら、何と「さっそく今日仮契約をしたい」というではないか。

あまりにも速い商談の進み具合に、久保田自身が驚くほどである。

その日のうちに自社工場の事務所へ帰り、製作スケジュールの段取りを考えると、仮契約上で約束した納期にはなんとか間に合いそうである。価格はいっさい値引きすることがなかった。

翌日鬼頭に仮契約の報告をし、機械の各部品の調達は、遅滞なく鬼頭が責任を持って進める方向で了解を得る。


営業マンとしてはここで一服とはいかない。次の販売活動を始めた矢先、今度は富山県からの電話である。

「段ボールをオートメーションで作業ができる機械はないだろうか」との問い合わせである。

「現在製作販売中の『マルチマシン』そのものは、元々オートメーション化のために開発したものであり、二台をセットで組み上げれば、その機械能力を十分に発揮できるものです」と回答する。

その富山県の段ボール会社は、その説明に、「さっそく、工場見学がしたい」と積極的な反応を示したのである。これは「受注確定」と、久保田は手ごたえを感じていた。

さっそく鬼頭鉄工所の見学へと、案内する準備をする。そして二日後、富山市から遠路はるばる、電車で工場へ来社される。

ちょうど組み立て中の機械があり、その精密かつシンプルなマルチマシンを目の当たりにし、無事工場見学を終える。その後事務所で感想等を話すうち、

「納期次第で、仮注文をしたい」

とのこと。名刺を見ると、「工場長」とある。

「現在進行中の仕事があと三ヶ月ほどかかるので、もしよければその次、つまり三ヶ月後から部品造りを始めるので完成までには、都合六ヶ月かかります」

と説明する。工場見学を終えたばかりのその工場長は、

「六ヶ月などとうてい待てない。今すぐにでも欲しいくらいだ。何とかならないだろ

うか」

と熱心に詰めよられる。自社の生産効率向上のため、忙しいなかわざわざ交通費を使い、我が社に足を運ばれたのである。さらに、

「どうかお願いします、実は社運をかけて来ました」

とまで言うのである。久保田はあまりにも熱心に詰め寄られるので、仕方なく、

「分かりました、何とかしましょう」

と、ついに言ってしまった。富山の段ボール会社の工場長は、その場ですぐに仮契約の書類を書き、帰っていった。

久保田は勝手なことをしたと反省した。問題である。直近の納入予定である段ボール会社に対して、まるまる三ヶ月納期が遅れる旨の交渉をせねばならない。

久保田は覚悟を決めて、その日のうちに納期変更の話し合いに向かう。

「貴社には誠に申しわけありませんが、工場の都合で残念ながら、納期を延ばしてい

ただきたい」

と丁寧に詫びを入れた。すると意外にも鬼頭鉄工所の規模をよく知っている方なので、少し困ったような表情をされたが、

「我が社では特別急ぐというものではないので、仕方ない、まあいいでしょう」

との返答をもらえたのだ。おそらく悲壮な覚悟で訪問して、正直な態度で対応したことで、相手の心に響いたのであろう。久保田は心底、困難な話が何とか事無きを得て、本当に良かったと胸《むね》をなで下ろしたのである。


ここへ来て次々と問い合わせが増えている。無理して受注すると、工場がパンクしてしまう。後々のためにも営業はもちろんつづけるが、受注する場合、納期は正直に長期間かかると説明することにした。

そこで久保田は、当分の間は工場のなかで部品造りの手伝いをすることにした。

工場内の限られた人数で無理を重ねて受注しては、パンク状態になってしまい、部品も粗製乱造になりかねない。従業員の残業がつづくのにも限度というものがある。

どの機械にも精魂を込めて製作せねばならないので、従業員のコンディションも良くなければいけないのだ。

もうすでに向こう数年分の受注で手一杯である。

当初の見込みから考えても、上々のすべり出しである。

今までの段ボール業界は「大量生産、大量消費」式であったが、近年では、「多種少量式」の時代になっている。鬼頭鉄工所の工場で製作中の「マルチマシン」という機械は、そんな時代に即した、超シンプルにして多種少量生産向きである。しかもオートメーション式で扱いやすく、素人の現場作業員でも、すぐに簡単に操作できるスグレモノなのである。

世の中は、すでに「重厚長大」の時代は終わっているのである。

そんな時代にピッタリの「マルチマシン」は、鬼頭義夫という天才的なアイディアマンによって生み出されたのである。高性能・低価格のマルチマシンは大ヒットし、段ボール業界の一部ではすでに話題になっていて、工場見学を希望する電話の問い合わせが止むことはなかった。

予想をはるかに超える反響に、久保田自身とても驚いている。

そんな最中に、ある大手の紙を扱う商社を通じて「マルチマシン」の照会があった。これは輸出に絡む話でベトナムから連絡があり、二台注文したいとのことである。さらに「価格も納期も任せる」という、今まで考えもしない事態になった。とにかく輸出するのは初めてのことである。

今まで納入した先の「マルチマシン」は、もちろん何のトラブルもなく順調に稼働しているので、メンテナンスの必要はほとんどない。しかし海外輸出となると話は違ってくる。久保田は鬼頭社長と協議し、輸出は初めての経験だが、この注文を受けようということになった。さすがに仕事量が増えて工場がパンクしそうなので、今回は下請の会社を当たって協力してもらう必要がある。

電話で数社問い合わせるが、幸いどの会社も「協力しましょう」となり、直ちに総動員で製作に取りかかることになった。

初めのうちは少々心配したが、やってみれば何とかなり、「ベトナム初輸出」の機械も完成した。ベトナムでの現地設置工事については鬼頭社長と、以前から協力してくれている電気工事士と、二人で海外出張することとなった。

現地では三日ほどで工事は終わり、試運転後万事トラブルもなく、帰国の運びとなった。「マルチマシン」の優秀さが海外でも証明され、久保田も今後の機械販売の展望が、大いに開いたと実感するのであった。

今回の「ベトナム輸出」に関しては、多数の下請会社に協力してもらい、想像した以上の成果が挙がった。

これに気を良くした久保田は、この「マルチマシン」を武器に全国展開し、大々的に売り出してみてはどうかという夢を持った。確かに鬼頭鉄工所は零細企業だが、技術さえあれば世間に通用するはずである。これは鬼頭社長と話し合う価値がある。

だがしかし、鬼頭鉄工所は、あくまでも町の零細企業の一つであることを認識しなくてはいけない。けっして思い上がってはならないのだ。鬼頭社長と久保田は、身の丈以上の物を望んではならないと結論づけ、今後とも地道に、着実に一歩一歩進むこととした。これで良いのだと二人の考えは一致し、ベトナム輸出の成功は、たまたまうまくいき幸運だったと、過去の一ページとした。

八、再　建

　かくしてちょうど時流にも乗り、運にも味方されて順風満帆の時代が、四年以上もつづいていた時、段ボール会社「伊藤段ボール」の伊藤社長が工場見学にやって来た。伊藤社長は工場を一巡したのち、仕事中の久保田のところに来て、

「この仕事をして何年になるか」

　と質問されたので、

「私は部品づくりを手伝っている程度です」

と答えながら仕事をつづけていた。その日はそのまま帰った伊藤社長だったが、その翌日また工場に来たのである。そしてまた久保田に、

「今作っているのは、どんな部品か」

　と聞くので、

「機械に取り付けるところの部分です」

と説明をする。さらに、

「営業マンの久保田さんが、なぜこの機械加工の仕事をしているのか。また何年やっているのか」

「本格的に手伝い始めたのは、ここ数週間前からです」

「そんなに簡単にできるはずはないだろう」

「やれば何とかできるものですよ」

こんなやりとりのあと、伊藤社長は感心したようにうなずいて帰って行った。

翌日久保田は事務所で書類に目を通していると、またまた伊藤社長が来て、

「今度は何をしているのか」

「営業の資料づくりです」

「なるほど、あなたは、やっぱり営業マンなのですね」

と少し驚いた様子である。しばらく会話が途切れる。久保田はかまわず書類の整理をしていると、伊藤社長が深刻な顔して話しかけてくる。

「実はウチの工場はこのままだと、倒産しそうでね」

この二〜三日何か下調べするかのように工場に来る伊藤社長を、久保田はよほど「ヒマ」なのか、正直うさんくさいヤツだと思っていた。さらによその会社が倒産しそうだといわれても久保田の知ったことではない。仕事の邪魔になるので早く帰ってほしいと思っていた。すると伊藤社長は、

「この二〜三日、久保田さんの仕事ぶりを見ていて考えました。そこで唐突ですが、何とかウチの工場の面倒を見てもらえないだろうか」

と言うではないか。久保田は、あまりにも重大な話を突然言い始めるので、わけが分からなかった。

「私みたいな者が段ボール会社の再建などできるハズがない。とんでもない話です。私は株式会社タスクをまだ立ち上げたばかりで、これからが勝負という時に、間違っても会社を放り出すわけにはいきません。もう今日はお帰りください。そして他の人に当たってください」

と、突き放すように断った。ところがまた翌日工場に伊藤社長が来て、

「昨日の件だが、何とか考えてほしい」

「とんでもない、昨日お断りした通り、変わりありませんのでお帰りください」

さすがにその後は工場へ来ないので、ヤレヤレようやく納得したかと思っていたところ、今度は工場の社長・鬼頭義夫がやって来たのである。

「実は知っての通り、伊藤社長がオレの所へ来て、久保田さんを伊藤段ボールの社長として迎え、工場を再建してほしいので是非頼む、と言っている。この際、株式会社タスクはオレが面倒見るから、伊藤段ボールの再建を手伝ってやってくれないか」

と説得するが、久保田は直ちに、

「そんな簡単に株式会社タスクから手が引けるか。タスクには私だって出資しているんだ。それに私など会社を再建する能力も知識もないし、伊藤段ボールがどんな会社であるかも知らない」

と徹底抗戦する。


しかし伊藤社長はこのころ毎日のように工場に来ていて、久保田のことを現場もできるし営業もできる。久保田なら必ず工場の再建はできると思っているようだ。久保

田は、

「私を大いに買いかぶりすぎている、私にはそんな能力があるはずがない」

と必死に断るが、鬼頭社長と伊藤社長の両面から迫られ、もうぐうの音も出ない。その要求をもはや受けざるを得ない状況に追い込まれた。久保田は大いに悩むが逃げ道はない。しかしこのままでは、あまりにも軽はずみな受け入れ方ではないか。

久保田は覚悟を決めざるを得なくなった。どちらにせよもはや腹をくくるしかない。久保田自身考えた。オレは会社再建のノウハウも知識もない。能力もないのは分かっている、もう裸一貫で当たって砕けるしかないのだ。

鬼頭社長に伝える用件は、今現在の株式会社タスクの受注状況と、工場で組み付け中のマルチマシンの納期。そして現在商談中のものを書類にして打ち合わせ、一応の引き継ぎをする。

そんな経緯で、久保田はとうとう伊藤段ボール工場の「再建」に取り組むことになってしまった。久保田自身にとっては、突然降って湧いたような話で、熟慮の上での決断である。

今まで思ったことも、考えたこともまったくない、「会社の再建」という重大な使命を負うことになった。

今ごろになって初めて伊藤段ボールの工場へ行き、伊藤社長に案内される。工場は田圃のなかに二棟建っていて、外から見る限りでは特に感ずることはないが、工場のなかに案内されると、「整理整頓」がまったくできていない。木製のパレットは本来なら、サイズ別に積み上げておくのが当たり前である。しかしここでは大小バラバラに汚く積まれており、効率的に作業することができないし、第一危険である。また紙屑や段ボールの端切れや、紙のほこりがそこここに溜まっている。

この状態から見ると、相当の期間掃除がなされていない。伊藤社長もなぜこんな状態を許してしまっていたのだろうか。

久保田はまずこの雑然とした状態を、解消することから始めることにした。さらには会社の規模と生産体制から見て、従業員が多すぎる。

細かく見れば段ボールの屑の処理を、現在二人掛かりの手作業でやっているが、これは自動処理により無人化とする。また、古い機械が多く能率が悪すぎる。

この伊藤段ボールの経営が追いつめられたのは、もはや時代遅れの生産設備によるところが大きい。なるほどこれでは近いうちに倒産は免れないだろう。

一巡したのちその日は工場を後にした。


この工場は大手の紙問屋の傘下にあることを知った久保田は、まずこの親会社と交渉すべきと思い、自身が再建計画を立てた。最新鋭の機械にすべく提案し、かかる設備投資の費用を算出し、資金の引き出しに成功した。

さっそく伊藤段ボール工場の再建、大改造計画の実行が始まった。機械スピードは二倍になり、工場内の清掃を始め、木製の「パレット」をサイズ別に整然とさせた。段ボール機械の改良は鬼頭鉄工所と協力し合い、古い機械を廃棄し、新しくスピードの出る機械を購入とともに、従来のまだ使える機械も、そのスピードに合うように改造する。その上で残る大きな課題、人員の削減である。少し冷たいようだが、機械を改造してスピードアップした流れについて行けそうもない年配者、おしゃべりばかりしている人間は、辞めてもらうよう通告した。さらには、屑段ボールの処理は無人化する等々、課題を次々とこなし、生産性が上がるようにしたのである。

その結果機械設備をスピードアップしたのに伴い、生産効率が向上するようになったのは良いが、従来定時までかかった仕事が、昼過ぎにはもう終わってしまう。久保田も正直、これほどまで生産効率が上がるとは思っていなかった。設備投資の効果として喜ぶべきことだが、ここで新たな課題が明らかになった。仕事の受注量が全然少ないのである。そこで営業の者に、「努力してもっと受注に力を入れてくるよう」指示する。昼過ぎにはもう当日の仕事が終わるようでは、多額の設備投資に見合わない。生産スピードを約二倍にしたので、当然の如く「生産量」も二倍になると予想はしたが、甘かった。

けっきょく今までは、半日でできる仕事を一日かけてやっていたのである。いかに効率の悪い仕事をしていたかが分かるというものだ。やがて営業も努力して受注活動を積極的に頑張った結果、受注も大きく伸び始め、定時までフル稼働するまでに拡大していった。戦力にならないパートの年配者たちも辞めてもらったので、工場的にはスッキリとし、一応当初の目標は達成したのである。

その後も順調に仕事量は伸びた。いや、伸びすぎてしまった。

大量の受注が舞い込むようになった。二倍にスピードアップした機械なので、最初のうちは大いに喜んだのだが、フル稼働し大量受注をこなすために、毎日残業の日がつづくようになってしまった。急激な仕事量の増加、フルスピードの機械、ようやく一日が終わるのが夜の八時過ぎ。そんな日が毎日つづく。従来ならゆっくりと機械が動いていたのだが、現在では二倍のスピードで一日中フル稼働するので、従業員も何とかついてゆかねばならない。一日中神経を張りつめて残業となると、さすがの久保田自身も疲労の色が出るようになってくる。

会社の業績向上はまことに喜ばしい限りだが、従業員の疲労もピークに達していた。

そして、ついに恐れていたことが起きてしまった。ハイスピードの機械のうち、特に神経も体力も使う重要な個所で、従業員が指を切断するという重傷事故が発生したのだ。直ちに救急車で病院へ行き、縫合手術をし、なんとか指は繋がったようだが、その日の仕事は当然中止となった。

さて翌日は、そのポストを穴埋めしなければならないが、ここは誰でもできる部門ではない。しかし幸か不幸か、以前久保田が担当した経験があるので、朝一番から久保田が入り、事務の仕事は営業の者に任せ、安全第一でその日の作業に没頭する。

その後はなんとか工場は順調に稼働していった。また運良く若い者が入社したので、久保田がやっている重要なポストの後継者に指名した。機械操作を徹底的に教え込み安全第一で教育した結果、要領をつかむことができた。しかし機械のスピードについて、順調に稼働させるまでには、やはり数ヶ月はかかるであろう。

九、終《しゅう》焉《えん》

久保田が会社再建と銘打って乗り込んだ伊藤段ボールを大改造、ようやく人員も揃って順調に推移し二〜三年が過ぎるころ、今度は久保田自身が体調不良を訴える。毎日の残業のほか、従業員との相談の窓口もこなした。やはりこの辺で疲れが出たのか、体がだるい、腹痛、頭痛と、さらに夜眠れない等々である。

とりあえず近所の「内科医」の診察を受け、各種精密検査をし、投薬治療をするが一向に改善しないまま、ズルズルと毎日仕事をつづける。残業にも集中ができなくなり仕方なく、定時退社することに。あとは他の営業の者に任せ、なんとかそんな状態でつづけていた。

ある日通院している「内科医」より、

「過労から来ているのではないか」との診断で「紹介状」を持ち、精神科を受診する。

その結果、「過労とストレスによる重度のウツ状態」と診断され、「三ヶ月間の休養を要す」との診断書を持って、とりあえず工場の者全員に話し、久保田は休養することになった。

家でブラブラし、散歩したり、薬を飲みながら毎日を何事もなく過ごすのだが、病状はなかなか改善しない。三ヶ月後再度診察。その結果さらに「三ヶ月間休養を要す」

久保田は、このままズルズルと休養するのはしのびないということで、この際治療に専念すべく、伊藤段ボールを退職することを決意する。まだまだやりたいことはいくらでもあるのだが、仕方がない。せっかくこの三〜四年頑張り通し、業績も思った以上に順調に回復軌道に乗ることができた。採算的にも黒字決算になり、さあこれからが本番という時に、病にてやむを得ず身を引くことになったのは、本当に口惜しい。久保田はこの半生を振り返るに、過去の会社においても全力で取り組み、業績を伸ばし「運」も味方に引き込んできた。

社会情勢もちょうど「多種少量生産」。そんな過渡期にも恵まれ成功できたと思う。しかし何をおいても、久保田にとって最も幸運だったことは、中央物産坪川敏夫との出会いであろう。彼を師と仰ぎ、相手に誠心誠意を尽くすことを心掛けることで、いかなる難局も乗り越えてこられたと思う。凄腕営業マン・坪川敏夫との出会いがなければ、いまの久保田はありえなかったであろう。

かくしてようやく伊藤段ボールは軌道に乗ったが、それとは引き換えに社長の久保田が病に倒れることになった。久保田の後任には、鬼頭社長と以前からつき合いがあり、段ボール会社も経営していた人に決まり一件落着。このころになると久保田の病状もかなり改善され、以前の健康体近くまでに回復した。日常的にはもうほとんど変わりなく、静かな毎日を過ごし幸せを満喫していた。

仕事から離れてふと、ふり返って考えてみると、仕事一筋に思いきり生きてきたはずの久保田だったが、細々つづけていた唯一趣味といえるものがある。それは「花づくり」である。

家の前にわずかな広さの花壇があり、季節ごとに花が咲いていた。手入れは主に久保田の妻が、草取りや水やりをして育てていた。久保田は日々の仕事に忙殺され、あまり構う余裕もなかったが、それでも日曜日などは一緒に庭に出て、少しずつ花の栽培を手伝っていたのである。そんな時の話題はやはり仕事上のことが多くなる。そして、その時々の大きな決断において、妻の存在が大きな支えになっていたと、あらためて感謝する久保田であった。

仕事から解放され、今は時間的にはかなり余裕がある。ただしウツ病を患っていてヤル気のあるなしの問題で、まだまだ投薬治療中である。それでも久保田は少しずつ花栽培に関心を持つようになり、病状も順調に回復途上にある。花づくりは精神的リハビリにはとても良いようだ。

プランターに種を播き、苗を育て、それらを植木鉢に移し替え花を育てる。きわめて単純だが、そのプロセスがたまらなく楽しい。性格上、常に向上心で取り組む久保田の次のターゲットは、何と「挿し木」である。

そのために本を買い込み勉強をし、実行してみる。その挿し木に選んだ花は何と「バラ」である。

一般的に「バラ」を育てるのはかなりムズカシイとされているのだが、久保田はあえて挑戦してみる。「本」に書かれている通りに十数本やってみると、何と約八割方が発根し成長。植木鉢に植え替え、肥料を与え消毒し育てた。やがて月日が経ち、見事に花が咲いたのである。

久保田がとても喜んだことは言うまでもない。

毎朝水をやり時々肥料も与え、それらが心に余裕を生み、精神的にも落ちつき、未《み》来《らい》を拓いて、残りの半生をゆっくり楽しもうと思う久保田であった。

おわりに

田舎の高校を出た右も左も分からない男が、名古屋という都会で就職した。営業マンとして入社した会社には偉大な先輩がおり、彼を師と仰ぎ、営業マンとして、一人の人間として成長していく。

やがて訪れた人生における転機。これにも攻めの姿勢で茨の道に舵を切り、成功を収めた。

再度訪れた転機でも大きな成果を挙げるが……。

幾度となく人生の荒波に立ち向かい、走りつづけてきた男は、何を得、何を失ったのであろう。

しかし、「成功」も「失敗」もたくさんあったが、「後悔」だけはなかったような気がする。

最後までお読みくださり、ありがとうございます。

筆者

著者プロフィール

鈴木 陽（すずき あきら）

1941（昭和16）静岡県生まれ
県立引佐高校卒業
機械、工具商社に勤務後
段ボール機械専門販売会社を創業
経営不振の段ボール会社の再建に成功

著書に文芸社より
『藺草《イグサ》と機械と闘病と』2018年
『七つの子』2019年
がある。

営業マンの履歴書 あなたの努力次第で営業人生が変えられる

2020年6月15日　初版第1刷発行

著　者　鈴木 陽
発行者　瓜谷 綱延
発行所　株式会社文芸社
〒160-0022　東京都新宿区新宿1－10－1
電話　03-5369-3060（代表）
03-5369-2299（販売）

印刷所　株式会社フクイン

ISBN978-4-286-21653-9